ADRESSE

A

L'ASSEMBLÉE NATIONALE,

Par les Entrepreneurs de Bâtimens employés à la nouvelle Clôture de Paris.

(2)

ADRESSE

A

L'ASSEMBLÉE NATIONALE,

Par les Entrepreneurs de Bâtimens employés à la Clôture de Paris.

Messieurs,

Aucun objet ne vous eſt étranger. Rien de ce qui tient à des conſidérations de juſtice & d'utilité publique n'échappe à votre prévoyance & ne peut manquer d'intéreſſer votre ardeur pour le bien.

A la hauteur où vous êtes placés, vos regards portent néceſſairement ſur toutes les claſſes de Citoyens. Il n'y a point à craindre qu'aucune vous ſoit indifférente, puiſque toutes font partie du Corps politique dont vous êtes l'ame & la vie.

Celle qui ſe préſente aujourd'hui eſt amenée devant vous par la néceſſité, par le beſoin preſſant d'obtenir juſtice.

Les Entrepreneurs de Bâtimens compoſent une claſſe infiniment nombreuſe. Leurs rapports avec une multitude d'individus

A

à Paris & dans les Départemens font tellement étendus, tellement immédiats, que l'exiftence des uns tient abfolument à celle des autres, & que leurs befoins ou leur infortune devient une forte de calamité générale.

Lors donc que des Artifans, chefs d'atteliers immenfes où ils nourriffent une foule d'Ouvriers, viennent implorer votre bienveillance, ce n'eft pas feulement leur pofition individuelle qui mérite de fixer vos regards, c'eft encore celle d'une portion innombrable de peuple, de ce peuple qui fe félicite chaque jour de vous avoir pour appuis, & qui peut-être eft lui-même l'un des appuis les plus folides de vos glorieux ouvrages.

D'après ces confidérations générales qui fondent les demandes que nous avons à vous préfenter, permettez-nous, MESSIEURS, de vous expliquer en peu de mots l'objet de ces demandes.

LE PROJET de clorre d'un mur la ville de Paris & d'établir dans toute la longueur de ce mur de nouveaux Bureaux de perception avoit été préfenté au Roi à la fin de l'année 1783, fous le point de vue de la fûreté publique, & fous celui de fixer les limites refpectives tant du territoire taillable, que de celui foumis aux droits d'entrée. Il ne fut, à ce qu'il paroît, adopté que par une décifion de Sa Majefté du mois de Janvier 1785, cependant les travaux étoient commencés dès 1784.

Il ne nous a jamais appartenu de nous établir Juges & du plan de cette opération & des formes de fon exécution. Nous avons été appellés à y concourir. Nous avons rempli l'objet pour lequel nous étions mis en œuvre, & le cri de l'improbation publique qui fouvent s'eft fait entendre fur le luxe de cette exécution, n'a jamais frappé fur nous.

Au mois de Juillet 1787, au fort de nos travaux, ce cri paroît avoir éveillé l'Adminiſtration. Elle crut devoir alors prendre toutes les meſures convenables pour retrancher des conſtructions reſtant à établir toute eſpece de ſuperfluité, & l'Architecte alors prépoſé à la conduite des ouvrages, le ſieur *Le Doux*, parut ſe ſoumettre aux réductions qui lui furent ordonnées.

Mais bientôt impatient du joug qui lui étoit impoſé, il redoubla d'activité. Il ſe fit en moins de deux mois des travaux conſidérables, que M. Douet de la Boullaye, alors Intendant des Finances, chargé de la ſurveillance de cette grande entre- priſe, ne put arrêter qu'en rendant compte au Miniſtre de l'état des choſes.

Les conſtructions n'étoient point achevées à beaucoup près ; la dépenſe faite excédoit déjà de beaucoup les baſes d'évalua- tion préſentées dès le principe à l'Adminiſtration, & d'après leſquelles elle s'étöit déterminée ; mais elles étoient trop avan- cées pour que l'on pût les abandonner.

Toutes les conſidérations capables de conduire au meilleur parti qui fût à prendre, furent alors miſes ſous les yeux du Roi. Elles produiſirent un premier Arrêt du Conſeil du 7 Septembre 1787, qui impoſa un nouveau frein à l'ardeur de l'Architecte, en le mettant ſous la direction immédiate de deux Commiſſaires choiſis dans l'Académie Royale d'Architecture, MM. Antoine & Raymond.

Il lui fut enjoint de leur remettre tous les plans, devis, marchés & mémoires concernant les travaux faits & à faire, pour par eux examiner le tout & propoſer les changemens, réductions & ſimplifications dont pouvoient être ſuſceptibles les bâtimens qui n'étoient point achevés.

L'exécution que reçut cet Arrêt, ne fit que confirmer ce que l'Adminiftration favoit déjà, c'eft-à-dire, que la dépenfe de l'entreprife s'élevoit beaucoup au-deffus des premieres difpofitions.

On réfolut alors de faire examiner avec la plus grande attention les moyens les moins difpendieux de pourvoir au parachevement de la clôture & au logement des Commis de la Ferme générale aux entrées. Par un fecond Arrêt du 25 Novembre, deux nouveaux Membres de l'Académie Royale d'Architecture furent adjoints aux deux premiers, pour partager avec eux les opérations qui devoient y conduire & celles que ce nouvel Arrêt ordonna. Il fut dit que toute efpece de travaux & de conftructions demeureroient fufpendus, & qu'avant tout il feroit, par les quatre Commiffaires, dreffé un procès-verbal de vifite de tous les bâtimens commencés, par lequel ils conftateroient l'état actuel de chacun de ces bâtimens & le montant des dépenfes néceffaires pour les achever ; donneroient leur avis fur les moyens de diminuer cette dépenfe , foit par la fuppreffion des ornemens ou le changement des Plans qui pourroient encore être fimplifiés , foit par toute autre difpofition convenable au fervice auquel ces bâtimens étoient deftinés.

Les Architectes Commiffaires n'ont pas tardé à fe livrer aux opérations qui leur étoient prefcrites par ce fecond Arrêt & par le premier ; & à mefure qu'ils avançoient dans leur vifite, les ordres étoient donnés d'effectuer tous les retranchemens & toutes les fimplifications qui leur paroiffoient préfenter quelque économie.

Il étoit obfervé à cette occafion un ordre & une marche qui devoient néceffairement remplir les vues nouvelles de l'Adminiftration.

Dans le cours de leurs opérations, les Commiffaires s'affem-bloient deux jours de la femaine & délibéroient entre eux pour en arrêter les réfultats.

Indépendamment de ces affemblées, il fe tenoit chaque femaine chez M. Douet de la Boullaye des féances auxquelles affiftoient les principaux Prépofés de la Ferme générale & dans lefquelles les Commiffaires prenoient fon attache pour faire exécuter tout ce qu'ils avoient jugé utile & néceffaire.

C'eft ainfi que les travaux ayant repris infenfiblement toute leur activité, & au moyen des mefures employées pour ne faire porter les forces des Entrepreneurs que fur les objets d'un fervice urgent & indifpenfable, une grande étendue de murs fe trouva établie & une grande partie des Bureaux de percep-tion conftruite & habitée par les Prépofés de la Ferme, vers le milieu de l'année 1788.

On conçoit aifément que ce ne fut pas fans de très-grands efforts que nous parvînmes à remplir à cet égard le vœu de l'Adminiftration.

Des approvifionnemens immenfes, la néceffité d'alimenter des Atteliers confidérables, de payer chaque jour une foule d'Ouvriers & de fourniffeurs de tout genre, nous jettoient dans des avances énormes, & nous ne devons pas diffimuler ici le genre d'obftacle qui s'oppofoit à ce que les à-comptes qui nous étoient délivrés atteigniffent l'équilibre de nos befoins.

Il étoit dans la politique de M. le Doux de diminuer infi-niment aux yeux de l'Adminiftration & du public le tableau des dépenfes de l'entreprife alors confiée à fes foins.

Depuis l'origine des conftructions jufqu'à l'inftant où la miffion de les diriger lui a été retirée, il n'a été que trop fidèle à ce principe dont les conféquences font aujourd'hui fi meurtrieres pour nous. On peut même dire que sa conduite à cet égard a été bien peu mesurée ; car au moment où forcé de se retirer, il espéroit ranimer la confiance de l'Administration par de nouveaux apperçus sur les dépenses restant à faire pour terminer entiérement les travaux , il en remit un , dont les calculs sont encore plus erronés , s'il est possible , que ceux qui avoient réussi à lui faire conférer la direction de cette immense entreprise.

C'est au moins ce qui résulte clairement du tableau comparatif des évaluations par lui faites de ces dépenses , avec les évaluations plus exactes , & aujourd'hui justifiées par le fait , qui lui ont été opposées par les Commissaires.

En effet le travail de ces Commissaires en porte l'apperçu à l'époque où il a été fait , c'est-à-dire vers la fin de 1789 , à 2,432,600 livres , & , selon lui , elles ne devoient s'élever qu'à environ 1,300,000 livres.

Il est aisé d'imaginer d'après cela combien il étoit difficile que les à-comptes destinés à alimenter nos travaux fussent jamais proportionnés à nos mises dehors , puisque placés sous la dépendance immédiate & absolue du sieur le Doux , ne pouvant sous sa conduite en obtenir que par lui & avec son attache , nous étions perpétuellement sacrifiés à l'intérêt qu'il avoit de dissimuler l'énormité des dépenses dans lesquelles le faste de ses constructions jettoit l'Administration.

Un régime plus honnête , infiniment plus moral & plus juste , a succédé à celui-là. Graces aux mesures prises par l'Administration & par les Commissaires, les bases qui devoient servir à déterminer nos à-comptes ont été rétablies ; il n'a plus été à la disposition du sieur le Doux de masquer le tableau de nos befoins, & l'arbitraire des diftributions a ceffé avec le defpotifme de fa direction.

Heureux fi avec un plus grand ordre dans la conduite de l'entreprife, nous avions vu renaître de plus grands moyens de fournir aux fecours fans lefquels il étoit impoffible de la porter à fa fin !

Mais l'épuifement du tréfor public qui dès-lors fe faifoit fentir, étoit un nouvel obftacle à ce que l'on pût établir entre les à-comptes & nos avances ce rapport de juftice qui étoit devenu le vœu de l'Adminiftration éclairée fous le régime de laquelle nous commencions à marcher.

Cependant, en exécution tant des ordres particuliers qui nous étoient communiqués par les Architectes Commiffaires, que d'un troifieme Arrêt du Confeil du 18 Juin 1788, qui exprimoit l'intention du Roi que les travaux fuffent fuivis avec la plus grande activité, nous les avions repris avec une vigueur nouvelle & fous l'efpoir que les à-comptes fe rapprocheroient davantage & de nos befoins & des avances à faire.

Cet efpoir étoit continuellement alimenté par les chefs de l'Adminiftration, par les Prépofés des Fermes, & par M. Douet de la Boullaye lui-même ; encouragemens, prieres, promeffes de fecours abondans, tout, jufqu'aux menaces de nous dépofféder de la fuite de l'entreprife, & conféquemment de nous ruiner, tout étoit employé pour obtenir de nous les efforts incroyables qui ont porté nos travaux au dégré d'avancement où ils étoient dès-lors.

Mais nos efpérances n'ont pas tardé à s'évanouir. Les circonftances font devenues plus difficiles que jamais. L'état de fouffrance dans lequel on nous laiffoit depuis près de deux ans s'eft prodigieufement accru. Nous avons été forcés de fufpendre toute efpece d'avances. Nous en étions les maîtres ; mais nous ne l'étions pas de fufpendre également l'acquit des engagemens très-lourds qu'elles nous avoient obligés de contracter.

Ces engagemens ont fucceffivement atteint leurs échéances. Il a été impoffible à la plûpart d'entre nous d'y faire honneur, & après avoir facrifié notre temps, notre induftrie, notre crédit, nos fortunes perfonnelles, celles même de nos amis à un objet d'utilité publique, après avoir fait tous les facrifices exigés de nous pour amener à l'état d'augmentation & de plein rapport où elle eft aujourd'hui la branche de revenu confidérable que produifent les entrées de Paris, pour prix de tant de de peines & d'efforts, que nous a-t-on offert & qu'avons-nous recueilli ? Les expreffions réitérées de l'impuiffance dans laquelle tomboient de plus en plus les difpenfateurs des fonds publics de fatisfaire à nos juftes demandes.

Cependant il reftoit quelques parties peu confidérables de murs à établir fur des propriétés particulieres & dont l'achèvement dépendoit de la folution de quelques difficultés relatives à l'acquifition des terreins fur lefquels ces murs devoient être conftruits. Quelques Bureaux de perception en très-petit nombre reftoient encore à terminer pour completter & rendre de plus en plus fructueux le fervice des nouvelles Barrieres, & malgré la détreffe à laquelle le défaut de fecours fur les anciens ouvrages nous avoit réduits, l'urgence de ceux-ci & les nouvelles promeffes qui nous furent faites de pourvoir aux avances qu'ils exigeroient, nous avoient déterminés à reprendre encore la fuite de nos travaux.

C'eft à cette époque qu'il faut placer l'incendie du mois de Juillet 1789, qui, en détruifant une partie confidérable de nos ouvrages & de nos échafauds, eft venu encore augmenter

la

la fomme de nos répétitions & creufer plus profondément l'abyme de nos befoins.

On fait affez quels ont été les ravages de cet incendie. De vingt Bureaux de la partie méridionale de la clôture, dix-huit ont été attaqués, brûlés & plus ou moins dégradés. De trente-cinq qui compofent la partie feptentrionale, treize ont été confidérablement endommagés, quinze ont été fauvés de l'incendie ; mais leur intérieur a fouffert le pillage & la mutilation, & la plupart de ceux qui ont été épargnés, & qui font en petit nombre, ne l'ont dû qu'au peu d'avantages que pouvoient fe promettre les brigands de l'état peu avancé des conftructions.

Il étoit indifpenfable, pour la fûreté du fervice des Barrieres, pour l'exécution des difpofitions qui y néceffitoient le placement de Corps-de-Gardes & pour la confervation du produit des Droits d'entrée, devenus plus importans que jamais par l'abolition des privileges ; il étoit, difons-nous, indifpenfable de s'occuper fans retard des réparations urgentes & provifionnelles que le fervice exigeoit.

Nous ne craignons pas de le dire, nous avons eu befoin, pour les entreprendre, d'être animés d'un fentiment très-différent de celui qui conduit à des fpéculations utiles. Nous avons voulu fervir la chofe publique, & nous l'avons effectivement fervie, en nous livrant fans réferve & fans relâche aux réconftructions & aux réparations de tous les dommages caufés par les brigands. Ils étoient évalués alors à 688,000 livres ; &, en moins de deux mois, le fervice des Barrieres a pu être fait comme il l'étoit auparavant.

Mais plus nous avancions, plus nos befoins croiffoient, & moins les fecours s'y proportionnoient.

B

L'Adminiſtration, qui avoit alors recueilli du travail des quatre Commiſſaires réunis toutes les inſtructions qu'elle avoit eu en vue de ſe procurer, jugea à propos d'agréer leur retraite, & de confier à l'ancien d'entr'eux la direction du reſtant des ouvrages indiſpenſablement néceſſaires à terminer. Un Arrêt du Conſeil, du 4 Octobre 1789, porte cette Commiſſion à M. Antoine. Il étoit impoſſible que le choix tombât ſur un Architecte mieux famé & qui juſtifiât plus complettement la confiance de l'Adminiſtration.

Ce même Arrêt ordonne que, par lui, en ſa nouvelle qualité de ſeul Directeur des travaux de la clôture, il ſera dreſſé un état général de ſituation & de conſiſtance, tant des ceux faits que de ceux reſtant à faire ou à parfaire ou réparer, pour remplir, avec la moindre dépenſe poſſible, & de la maniere la plus convenable, les divers objets d'utilité des ouvrages.

M. Antoine a dreſſé cet état de ſituation, & l'a remis dans les Bureaux de l'Adminiſtration.

Il y rend compte :

1°. Des conſtructions faites, & des ſommes auxquelles elles s'élevent.

2°. De celles qui reſtent à faire, & de la dépenſe qu'elles doivent occaſionner.

3°. Du nombre des Bureaux incendiés, du dégât qui en a réſulté, & des dépenſes que doivent entraîner les réparations intégrales.

4°. Des dépenſes qu'ont exigées les réparations & les établiſſemens proviſionnels qui ont remis la perception des Droits d'entrée en activité.

Il réſulte de cet état démonſtratif, que la dépenſe

faite depuis l'origine de l'entreprife, jufqu'au premier Janvier 1790, s'éleve à la fomme de 13,500,000 liv., ci . . . . 13,500,000^{tt}

Que les à-comptes qui nous ont été payés, n'arrivent qu'à une fomme de 9,157,000

D'où il fuit qu'il nous reftoit dû, au premier Janvier 1790, par approximation, ... 4,343,000

Que les travaux à faire pour l'entier achevement des bâtimens, murs & autres ouvrages néceffaires pour l'entiere perfection de la nouvelle clôture, fans y comprendre les travaux de terraffe deftinés aux atteliers de charité, doivent s'élever à la fomme de 1,450,000 liv., ci . 1,450,000

Que la dépenfe des réparations, caufées par l'incendie, forme un objet de 688,320 liv., ci . . 688,320

Que les établiffemens provifionnels, que cet événement a néceffités, coûtent une fomme de 36,000

Qu'enfin, les frais de direction & de conduite des travaux, jufqu'à leur perfection, s'éleveront à 150,000

Et qu'ainfi il refte, tant à payer pour ce qui eft dû fur les ouvrages faits, qu'à dépenfer fur les ouvrages à faire, la fomme de 6,667,320 l. ci . 6,667,320^{tt}

Et qu'ajoutant à cette derniere fomme les 9,157,000 livres déjà payées, ci 9,157,000

La nouvelle clôture de Paris coûtera, au total, environ . . . . 15,824,320^{tt}

Nous avons déja annoncé qu'il ne nous appartenoit pas

de nous établir juges des plans, des deſſins & de la conduite d'une entrepriſe que l'Architecte avoit préſentée, dans le principe, comme devant occaſionner, au plus, une dépenſe de cinq à ſix millions, & que l'exécution des projets, infiniment modifiés, porte encore à plus de quinze.

Ce n'eſt point à nous à connoître & à développer ſes calculs, encore moins à les critiquer. Nous n'avons été que ce que nous devions être, les exécuteurs de ſes plans, ſous ſes ordres, tant qu'il a dû nous en donner.

Nous avons rempli notre miſſion avec zele. Nous avons tout fait pour la conſommer. Nous avons englouti dans cette entrepriſe toutes nos fortunes. Le Tréſor public jouit aujourd'hui du fruit de nos labeurs. Les Droits d'entrée & l'état d'accroiſſement auquel ils ſont portés, ſont le produit de nos avances. Tous les jours ce produit entre dans les Caiſſes. Tous les jours la contrebande trouve dans nos travaux une digue qui fait refluer dans ces caiſſes tous les canaux de revenu que la fraude en détournoit; & c'eſt à ces mêmes travaux que le Tréſor public doit, dès-à-préſent, l'augmentation des Droits auxquels le Décret de l'Aſſemblée Nationale, du 9 Avril 1790, a aſſujetti tout le territoire que renferme la nouvelle enceinte.

Quel que ſoit donc l'excès de la dépenſe de cet établiſſement, il n'eſt point notre fait, & nous ſommes évidemment plus à plaindre que qui que ce ſoit, de ce qu'il a été porté au point où il eſt aujourd'hui, puiſqu'il nous eſt dû dans l'inſtant actuel une ſomme énorme de plus de 4,000,000 liv., qui, répartie entre nous tous dans les proportions de nos facultés individuelles, aſſujettit les uns à une gêne horrible, oblige les autres à des viremens & à des ſacrifices onéreux; écraſe ceux-ci fous le poids de leurs obligations , dévoue ceux-là à toutes les humiliations des pourfuites , & opére infenfiblement la ruine de tous.

Telle étoit, au mois de Janvier 1790 , notre pofition , lorfque vous avez rendu, MESSIEURS, le Décret du 22 de ce mois, qui établit la ligne de démarcation exiftante aujourd'hui entre quelques parties de dettes arriérées & les dépenfes courantes, ordonne que celles-ci feront acquittées chaque mois , & qu'il fera furfis au payement de celles-là jufqu'à ce qu'elles foient liquidées.

Nous n'avons pas cru que cette difpofition, d'ailleurs infiniment fage , dût apporter dans l'ordre des payemens qui nous étoient deftinés à compte fur nos travaux, aucune efpèce de retard.

La nature de ces travaux , leur objet, leur produit, notre état de fouffrance bien connu , la néceffité d'employer beaucoup de bras , le danger de les laiffer oififs dans des temps d'effervefcence ; tous ces motifs bien appréciés fembloient nous ranger de droit dans la claffe des dépenfes extraordinaires , mais courantes, pour l'acquit defquelles l'Affemblée Nationale a elle-même jugé qu'il devoit être fait des fonds particuliers dans le Tréfor public.

C'eft dans cette derniere vue fans doute que le Comité des Finances avoit demandé qu'il lui fût remis , & qu'il lui a été effectivement remis au mois de Décembre 1789 , par M. Dufrefne , Directeur du Tréfor public , un *apperçu des dépenfes extrordinaires de l'année 1790*.

Nos befoins connus, & l'impoffibilité bien fentie où nous étions & où nous fommes encore d'exécuter le reftant des travaux qui doivent completter la clôture , nous ont donné une place dans cet apperçu ; nous y fommes portés pour 3,000,000 livres , &

cette fomme n'arrive pas encore à ce qui nous étoit dû au 1er Janvier 1790, & que l'on a vu plus haut, s'élever à 4,343,000 livres ; aujourd'hui notre créance eft encore plus confidérable, puifque malgré l'état de détreffe dans lequel le défaut de fecours nous a précipités, on a réuffi à obtenir de nous, depuis cette époque, de nouveaux travaux de conftructions, réparations & entretiens, qui excédent encore de beaucoup les modiques à-comptes qui nous ont été délivrés chaque mois.

Il paroiffoit cependant que l'Adminiftration, convaincue de la réalité de nos befoins, & de l'intérêt qu'il y a pour la chofe publique que nos travaux foient portés à leur entiere perfection, étoit prête à faire un effort pour nous aider à les terminer. Confulté fur les moyens & fur les proportions dans lefquelles doit être faite entre nous la répartition des 3,000,000 liv., fans lefquelles il nous eft impoffible déformais de faire un pas, le Directeur des travaux, M. Antoine, que trois années d'application fur l'enfemble & les détails de ces travaux ont mis à portée de connoitre parfaitement & la fituation de l'entreprife & celle de chacun de nous, a remis, le 30 Juin dernier, l'état de cette diftribution qui lui étoit demandé dans les Bureaux de l'Adminiftratiou.

Il y renouvelle le témoignage tant de fois donné fans fruit de l'état de fouffrance dans lequel nous fommes depuis trois années ; il y attefte « que depuis la fin de 1787, époque » de la premiere ceffation des ouvrages, il nous eft dû une » fomme beaucoup plus forte que les 3,000,000 livres pro- » mifes, & qu'il ne nous eft plus poffible, malgré le zèle dont » nous avons donné les preuves, de pourfuivre les travaux de » la clôture, dont néanmoins l'achevement eft auffi indifpen-

» fable que preffant, fans obtenir les fecours propofés pour
» chacun de nous , proportionnellement à nos travaux. »

Les Prépofés de l'Adminiftration n'ignorent rien de la vérité
de ce témoignage ; depuis fi long-temps que nos plaintes &
nos follicitations les affiegent, nos maux leur font bien con-
cus. Mais leur compaffion eft ftérile, & les moyens d'y remé-
dier font paralyfés dans leurs mains.

Vous feuls, MESSIEURS, pouvez remettre ces moyens en
action ; c'eft l'objet de la demande que nous vous foumettons.
Elle ne vous préfente pas feulement un acte de bienfaifance à
faire , elle provoque un acte de juftice rigoureufe.

Nos moyens pour l'obtenir font néceffairement déja pref-
fentis.

Le feul obftacle qui paroît arrêter le verfement dans nos
mains du fecours que nous follicitons eft puifé dans le Décret de l'Affemblée Nationale du 22 Janvier dernier , qui
porte *qu'il fera furfis au payement des créances arriérées jufqu'à ce qu'elles foient liquidées.*

Nous avons déja annoncé que nous n'avions jamais cru
que cette difpofition pût nous concerner ; nous ferions-nous
donc trompés en nous confidérant dans une claffe particuliere
de Créanciers ? Voici à cet égard les motifs de notre opi-
nion & de notre confiance.

Nous croyons qu'il faut foigneufement diftinguer, & que
l'on diftingue effectivement dans l'ufage , la *dette* à laquelle
le Tréfor public eft obligé , d'avec la *dépenfe* dont il eft
chargé , & que le Décret du 22 Janvier dernier , rigoureu-
fement applicable à l'acquit de la premiere , ne peut l'être
& ne l'eft pas au payement de la feconde. Les rembourfe-
mens à époque fixe , les finances des Offices fupprimés , les

indemnités, les avances des Fermiers, les emprunts à termes échus on à échoir, tous les effets fuſpendus, & beaucoup d'autres objets de cette nature ; voilà véritablement la dette arriérée de l'Etat ; mais il ſemble que ce ſeroit outrer l'interprétation du Décret que de le faire frapper ſur tout ce qui eſt objet de dépenſe courante & indiſpenſable. Or , telle eſt aſſurément celle qui fait l'objet de notre réclamation ; elle ne peut être aſſimilée à aucune autre ; ce n'eſt point un payement intégral & définitif que nous demandons ; la nature de la créance que nous aurons un jour à répéter, ne le comporte pas dans le moment actuel ; nous demandons qu'en n'interrompant pas l'ordre & la ſérie des à-comptes qui nous étoient délivrés, celui de trois millions ſans lequel il eſt bien jugé que nous ne pouvons imprimer à nos travaux le grand mouvement qui doit en peu de tems les porter à leur fin, nous ſoit payé ; ce payement fait, il nous reſtera dû encore aſſez pour que la loi de *l'arriéré*, ſi elle doit frapper ſur nous, ſoit remplie, & pour faire face à l'événement d'une liquidation & d'un reglement.

La forme dans laquelle peut s'opérer la liquidation de nos répétitions ſuffiroit ſeule pour prouver que la loi qui y ſoumet les dettes de l'Etat, ne peut véritablemen frapper ſur nous.

En effet, MESSIEURS, nos répétitions ne ſont pas par leur nature aſſujetties au même genre de vérification que toutes celles dont vous avez ſaiſi votre Comité de liquidation ; c'eſt le réglement de nos travaux par gens de l'art qui doit conduire à la liquidation ; ce réglement eſt la premiere de toutes les opérations ; & rien n'eſt plus étranger ſans doute au genre de travail dont ce comité eſt chargé.

Dans

Dans une entreprife auffi vafte, auffi importante que celle de la clôture de Paris, nous foumettre à une liquidation, c'eft-à-dire à un réglement préliminaire proprement dit, avant de nous accorder le fecours que l'Adminiftration nous promet depuis longtems, ce feroit d'abord nous réduire à l'impof-fible, ce feroit enfuite nous dévouer tous à une ruine iné-vitable.

Si, comme on n'en peut douter, le vœu de l'Adminiftra-tion, nous difons même le vôtre, MESSIEURS, car votre Dé-cret du 9 Avril 1790, l'induit néceffairement, fi votre vœu eft de ne pas laiffer la nouvelle enceinte de Paris dans l'état d'imperfection ou elle eft encore; fi votre vœu, comme on n'en peut douter davantage, eft, qu'en entrant dans cette grande ville, les regards ne foient plus fouillés de l'état de dégra-dation auquel font réduits les premiers édifices qui frappent les yeux aux barrieres; s'il eft à defirer que, pour féparer l'idée de la plus glorieufe révolution de celle des excès auquels elle a donné lieu, l'on faffe difparoître ces traces affligeantes de l'incendie & du brigandage; il en réfulte deux conféquences qui fe tiennent indivifiblement; la premiere que nous devons nous porter avec la plus grande activité à confommer nos ouvrages & à réparer extierement les dom-mages que l'influence des faifons ne fait qu'accroitre chaque jour; la deuxieme que ne pouvant y mettre cette activité indifpenfable fans le fecours demandé, fi nous fommes dans le cas du Décret, c'eft-à-dire, foumis à une liquidation préa-lable, comme cette liquidation n'eft & ne peut être qu'un réglement, nous fommes véritablement réduits à l'impoffible & condamnés à une ruine totale.

Il n'y a qu'un feul cas auquel la liquidation ou le régle-

C

ment feroit praticable dans le moment actuel , & nous n'en ferions pas moins perdus fans reffources ; c'eft celui où, contre votre vœu & contre celui de l'Adminiftration , toute efpece de travaux cefferoient ; mais s'ils continuent, s'ils doivent continuer, on peut commencer ce réglement, il eft même commencé, mais il ne peut être fini qu'avec nos ouvrages mêmes.

Or , remettre le payement d'un fecours au tems ou nos ouvrages peuvent être réglés & liquidés , c'eft renoncer à les voir terminés.

Il en eft de nos travaux , on peut le dire , comme de ceux qui fe font faits & qui fe font encore dans les différens ports du Havre , de Cherbourg, de Toulon , &c. , pour lefquels, MESSIEURS , en votant aux ouvriers & Entrepreneurs les fe-cours qu'ils ont obtenus dans plufieurs de vos féances , vous n'avez pas penfé que la liquidation ou le réglement dut pré-céder tout à-compte indifpenfable à leur aliment. (1) Dans tous ces cas particuliers comme dans le notre , la maffe de la dette étant certaine , les à-comptes plus ou moins impor-tans deviennent néceffairement une dépenfe courante déter-minée pour le *quantùm* par des évaluations approximatives.

A toutes ces confidérations qui nous fortent évidemment de la claffe des dettes arriérées à liquider dans les formes ordinaires & prévues , nous devons joindre celles qui fe tirent naturellement de l'objet de nos travaux & de leur produit.

---

(1) On peut dirè la même chofe des Entrepreneurs & ouvriers du Garde-Meuble qui , fur le rapport du Comité de Liquidation , ont obtenu de la bienveillance de l'Affemblée Nationale , une fomme affez confidérable fur ce qui leur étoit dû. Les Entrepreneurs de la clôture font , par l'objet & par le produit de leurs travaux , dans une pofition plus favorable.

Deftinés à détruire la contrebande, s'ils n'avoient pas aujour-
d'hui encore tout-à-fait atteint ce but, au moins auroient-ils
rendu la fraude infiniment plus difficile. L'augmentation des
droits d'entrée provenant tout-à-la-fois & de l'abolition de la
fraude, & d'une plus grande quantité de contribuables ren-
fermés dans une enceinte devenue plus vafte, eft donc fous
ce double rapport l'un des réfultats les plus certains & les plus
précieux de nos efforts. Cette perception eft journaliere. Tous
les jours, & à chaque moment, le fruit de nos travaux & de
nos avances va tomber dans le Tréfor public, & vient au
fecours de l'acquit des dépenfes courantes. On juge bien que
nous avons droit à partager les fonds deftinés à ces dépenfes,
puifque chaque mois encore on nous délivre à chacun une
fomme quelleconque ; mais, nous devons le dire de bonne foi,
c'eft fans fruit pour la chofe, comme pour nous, que cet à-compte
foible & périodique nous eft verfé. Il ne peut obtenir de nous
de nouveaux facrifices. Il n'atteint pas même les avances que
nous fommes encore obligés de faire dans le moment actuel
pour quelques ouvrages indifpenfables. Il eft toujours trop peu
important pour foulager les maux anciens que nous reffentons
& pour déterminer le grand effort fans lequel nos travaux ne
peuvent atteindre leur terme.

Ouvrez-nous donc, MESSIEURS, les fources qui doivent tarir
les befoins qui nous écrafent ; voyez autour de nous une foule
de malheureux qui nous affiégent, un peuple d'ouvriers oififs,
des milliers de bras qui nous demandent du travail & du pain.
Confidérez qu'à l'approche fur-tout de la faifon la plus dure,
la tranquillité publique eft intéreffée au fuccès de notre
demande. Quel emploi plus fructueux pouvez-vous faire que
celui qui concilie tout-à-la-fois les moyens d'utilité, de libé-

ration & de bienfaisance. En nous votant le secours important qui, depuis si long-temps, nous est jugé indispensable, vous faites un acte utile qui, en assurant le cours & le terme de nos travaux, assure & augmente la perception d'une partie essentielle du revenu public ; vous libérez l'Etat d'une dépense qui doit toujours être acquittée, & vous sauvez la vie, l'honneur & la fortune, non pas seulement de soixante peres de famille qui vous implorent, mais encore d'un peuple d'ouvriers dont l'existence tient à la leur.

On vous disoit n'agueres, & avec bien de la raison, que « la tranquillitté publique dépendoit du travail que l'on pouvoit » fournir aux ouvriers, & que vous aviez reconnu la nécessité » de prendre les mesures capables de prévenir les malheurs » auxquels le défaut d'ouvrage peut donner lieu. (1)

C'est sous ce rapport que l'on vous a offert les desséchemens & les défrichemens comme des moyens de parer à ces malheurs, & sans doute rien n'est plus fait pour exciter & justifier la sollicitude que vous témoignoit à cet égard le chef respectable de la Municipalité de Paris. Mais les moyens d'occuper cette foule de bras dont le désœuvrement a tant d'inflence sur la tranquillité publique, pourquoi les aller chercher si loin, quand ils sont si près de nous ? Pourquoi, si l'on peut faire autrement, ensevelir dans des atteliers de charité un ouvrier dont le talent peut tourner au profit de la méchanique & des arts ? Les occasions de travail ne manquent pas, & certes, l'entreprise de la nouvelle clôture est une de celles qui peuvent occuper le plus d'ouvriers dans tous les genres. Mais ce qui nous manque, c'est le moyen de les alimenter.

---

(1) Lettre de Monsieur le Maire de Paris lue à l'Assemblée Nationale, à la séance du Samedi 11 Septembre.

C'eſt ce moyen que nous vous ſupplions , MESSIEURS , de tranſmettre aux diſpenſateurs des fonds publics que l'étendue & l'urgence de nos beſoins ont préparés à recevoir, & à exécuter le Décret que nous ſollicitons de votre juſtice.

LE PICARD, Avocat aux Conſeils.

Et ont ſigné les Entrepreneurs dont les noms ſuivent :

LE FOULLON.	DEUMIER.	PECOUL.
DE LARBRE.	BIDAUT.	J. L. SANDRIÉ.
HUET.	CHARPENTIER.	ARMAND.
DE BIERRE.	LUCAS.	GONDOUIN.
FAGUET.	BLONDEL.	HARDY.
DE BESSE.	ALLEMAND.	GAUTHIER.
BAILLY.	LECOEUR.	DUPUIS.
LEROUX.	DEBEAULIEU.	BILLIN.
CHERADAME.	GILLET.	MARIE.
ROBERT.	PIALU.	ALLARD.
DUCHESNE.	BARBIER.	MAULEVAUT.
JOULET.	SIX.	BELLU.
LOUIS.	AUVRAY.	BRUNET.
CLIER.	FAVEL.	CHEREDER.
COIPEL.		

A PARIS, chez N. H. NYON, Imprimeur du Parlement, rue Mignon Saint-André-des-Arts. 1790.